Theodor Eckardt

Die Arbeit als Erziehungsmittel

Antigonos

Theodor Eckardt

Die Arbeit als Erziehungsmittel

Unveränderter Nachdruck der Originalausgabe von 1875.

1. Auflage 2024 | ISBN: 978-3-38643-572-7

Antigonos Verlag ist ein Imprint der Outlook Verlagsgesellschaft mbH.

Verlag: Outlook Verlag GmbH, Zeilweg 44, 60439 Frankfurt, Deutschland
Vertretungsberechtigt: E. Roepke, Zeilweg 44, 60439 Frankfurt, Deutschland
Druck: Libri Plureos GmbH, Friedensallee 273, 22763 Hamburg, Deutschland

Die
Arbeit als Erziehungsmittel.

Von

Theodor Eckardt,

Schulleiter.

Wien 1875.

Verlag von A. Pichler's Witwe & Sohn.

Buchhandlung für pädagogische Literatur und Lehrmittel-Anstalt,

V., Margarethenplatz 2.

Die moderne deutſche Pädagogik hat ſich die Aufgabe geſtellt, dem Kinde ſeine verantwortungsvolle Stellung als Glied der Menſchheit und eines großen Kulturvolkes zur Erkenntniß zu bringen und in ihm das Bewußtſein der Nothwendigkeit der eigenen Arbeit, der ſittlichen Selbſthülfe in geiſtigen und materiellen Dingen, zu ſchaffen. Sie will insbeſondere die Volksſchule in Wirklichkeit zu dem machen, was ſie naturgemäß ſein ſoll — zu einer Stätte, die das Menſchenkind auf das praktiſche Leben vorbereitet, zu einer Anſtalt, die ein charaktervolles, thatkräftiges Geſchlecht heranbildet, die ein Volk erzieht voll Geſinnungs= tüchtigkeit und Selbſtvertrauen. Nicht eine Vorbereitung für die Ge= lehrten= und Fachſchulen ſoll unſere Volksſchule ſein, ſie ſoll nicht im Schüler den künftigen Theologen, Hiſtoriker, Arzt, Architekten, Kauf= mann oder Handwerker erblicken, ſondern nur den Menſchen, und ſie ſoll ſich bemühen, ſeine Hand zu allem Werke geſchickt, ſein Ohr ſcharf, ſein Auge hell, ſeinen Mund lauter, ſein Herz fromm zu machen.

Während der alten Schule das Unterrichten, das Uebermitteln von Kenntniſſen Alles war, verlegt die neue Volksſchule ihren Schwer= punkt in die Erziehung, — der Unterricht iſt ihr nicht Selbſtzweck, ſondern nur ein Erziehungsmittel, und der Lehrer von heute findet nicht ein beſonderes Lob darin, ein tüchtiger Katechet, ein routinirter Fragſteller, ein gewandter Vortragsmeiſter zu ſein, — ſeine Freude, ſein höchſter Lohn iſt, zu ſehen, wie ſeine Schüler zu edlen und allſeits tüchtigen Menſchen heranwachſen.

Aller Unterricht, er ſei noch ſo vorzüglich, wird unnütz am Kindesohr vorüberhallen, wenn nicht der Schüler genöthigt wird, den

theoretischen Vortrag in Praxis umzusetzen *) — das Kind muß er=
leben, erfahren, was ihm gelehrt wurde; nur was es kann, weiß das
Kind. Was es nur gesehen oder gehört, was es selbst mit Mühe
memorirt, vergißt das Kind nur zu leicht wieder, nie aber das, was
es gemacht hat. Man halte einmal Umfrage unter denen, welche die
Schule seit ein paar Jahren verlassen, was ihnen geblieben von all'
den Namen, Zahlen und Sprüchlein, mit denen man sie gequält?
„Versunken und vergessen" sind sie allermeist, Weniges nur ist noch
in grauer Erinnerung; laut aber spricht sich aus in herben Worten
der Schmerz um die nutzlos vertrödelte Zeit, die im Dienste hinfälliger
Arbeit nutzlos verbrachten schlaflosen Nächte. Man halte Umfrage unter
den besten Bürgern des Landes, wie wenige werden wissen, wo das
Cap Swietoi=Nos liegt, an welchem Tage Columbus geboren, wie viel
eine Passionsblume Staubfäden und mit welchen Schriften der heilige
Augustinus die Welt beglückt hat. Die Schulweisheit ist's nicht, die
den Mann macht.

Man ist endlich zu der Erkenntniß gekommen, daß die Schule,
die ausschließlich in Intelligenz arbeitet, dem jungen Menschen einen
geringen Dienst erweist, ihn nur einseitig in das Leben entläßt und
wesentlich mit Schuld trägt, wenn er im Kampfe um's Dasein, der
heute ernster ist als je, unterliegt. Wer heute den Boden bebaut, die
Rohprodukte verarbeitet, ja selbst wer der Kunst leben will, braucht
eine ganz andere Vorbereitung, als ihm die alte Schule gab. Unsere
Zeit pflegt das körperliche Wohl des Schülers durch die Schulhygieine
und das Turnen, lehrt ihm die Materie kennen durch Chemie und
Physik, und weckt seinen Schönheitssinn durch Zeichnen, — ja, dem
Mädchen gibt man Handarbeitsunterricht, den es, der Schule entwachsen,
direkt in Erwerb umsetzen kann: alles Sachen, welche die alte Schule
nicht kannte.

Wir leben in einer Uebergangszeit, die politischen und sozialen,
sowie die kirchlichen Fragen, die unsern Erdtheil bewegen, berühren

---

*) „Beim Unterrichte folge der Anschauung die Erkenntniß und dieser die
Einübung." (Pestalozzi.)

die Schule, die Bildungsstätte des zukünftigen Geschlechts, in eminenter Weise. Die Schule war eine Zeitlang der Zankapfel der Volksparteien. — Die Kirche wollte sie nicht lassen, der Staat heischte sie ganz für seine Zwecke, jedes Dorf, jede Stadt wollte aus der Lokalschule etwas Besonderes machen. „Wer die Schule hat, hat die Zukunft“ — war zum Schlagwort geworden. Heute ist dieser Streit entschieden; aber eine andere Frage harrt noch der Erledigung: ist „der Zukunft“ damit gedient, daß die alte Gemüthsschule zu einer reinen Verstandesschule geworden?

Ja, unsere Schule ist bloß Lernschule — die Erziehung der Kinder ist uns dermalen nur in äußerst beschränktem Maße möglich. Gewalten, die außerhalb der Schulstuben postirt, haben mehr Einfluß auf unsere Kinder, als alle Religions-, Sprach- und Rechnenstunden zusammengenommen. Die süßliche Humanitätsrichtung unserer Tage, die geringe Auswahl der Erziehungsmittel, machen die Justizpflege in der Schule fast ganz unmöglich; das Gerechtigkeitsgefühl, diese Stimme des Volksgewissens, kann durch unsere Schule im Kinde kaum gefestigt werden, — wir haben zu wenige Mittel, den Willen des Kindes zu schulen.

Die Schule soll in erster Linie Erziehungsschule sein. Sie muß dahin trachten, daß das junge Menschenkind sich möglichst bald auf eigenes Urtheil, auf eigenen geläuterten Willen, auf eigene Füße stelle. Des Schülers eigenes Ich muß gestählt werden für alle Wechselfälle des Lebens. Die Erziehung im „geschlossenen Raume“ ist heutzutage eine total verfehlte, und bedauernswerth ist das Individuum, das, unter dem Aushängeschilde elterlicher Liebe und hofmeisterlicher Fürsorge gehätschelt und herangegängelt, in ein unwirkliches Traumleben voller Hirngespinnste und Luftschlösser versetzt wird, bis es, denk- und thatenfaul geworden, sich verlassend auf ein reiches klingendes Erbe, beim ersten derben Zusammenstoß mit einer rauhen Wirklichkeit entweder zu dieser sich in feindlichen Gegensatz stellt, weil es das Ungemach im Leben nie verstehen gelernt, oder, von ihr ergriffen, herabstürzt aus seiner Wolkenhöhe in Leidenschaften, da ein sittlicher Grund- und Eckstein nicht in ihn gelegt, in Verzweiflung, da das Erkennen und Berichtigen eigener Irrthümer ihm nie geläufig war. Da eilt's von

Verbrechen zu Verbrechen, da jagt's sich leichtfertig eine Kugel durch's arme Gehirn, da wird's wahnsinnig — das Produkt der „Erziehung zur Phrase". Unsere Zuchthäuser, unsere Irrenanstalten sind überfüllt, die Zahl der Selbstmorde war nie so groß als in diesen Jahren, wo das Thermometer des Volkswohlstandes um wenige Grade gesunken. Das Abirren vom Pfade der Rechtlichkeit, die Fahnenflucht vom Leben, das Finsterwerden des Denkapparates sind leider keine Seltenheiten mehr in unsern zivilisirten Völkern. Es sei nicht damit gesagt, daß unsere Bildung insgemein nichts anderes sei, als ein Lack, der Kopf und Herz überkleistert und beim ersten Sturme abbröckelt, als ein Bau auf Sand, den das kleinste Wässerlein zu Falle bringt; aber das ist bis nun erwiesen und von den besten Volkserziehern längst und laut beklagt, daß unsere dermalige Volksschule nicht fähig ist, ein sittlich starkes, geistig freies und willenskräftiges Volk zu erzeugen.

Obwohl jeder Lehrer sich bemüht, mit seiner ganzen sittlichen Persönlichkeit dem Kinde ein Muster zu sein, obwohl er durch That und Wort dahin wirkt, den Schüler zu einem wackeren Charakter heranzubilden, so wird er doch nur durch den geringsten Theil der Unterrichtsmaterie darin unterstützt. Die Ziele des Wissens, die unserer Schule gesteckt, sind kaum der Hälfte der Schüler erreichbar; der Religionsunterricht legt in seiner derzeitigen Gestalt, da er an vielen Schulen vorwiegend ein historischer und dogmatischer ist, nicht die unzerstörbaren Fundamente der Moral in das Kindesherz — all' unser Unterrichtsstoff hat wenige Momente, die direkt erziehlich, d. h. unmittelbar auf den Willen des jungen Menschen wirken. Diese direkten Wirkungen auf den Willen hat aber außer dem Unterrichte in der Sittenlehre in hervorragender Weise noch der Handarbeitsunterricht. „Bete und arbeite!" — dies alte treffliche Wort sollte über allen unsern Schulpforten stehen. Bete und arbeite — sittliche Tüchtigkeit oder Frömmigkeit (aber weder im jesuitischen noch muckerischen Sinne) und persönliche Tüchtigkeit oder Thätigkeit ist's, was ein Volk groß macht. Bete und arbeite — sei innen und außen ein ganzer, trefflicher Mensch!

Die Forderung nach Einführung des Handarbeitsunterrichts in die Volksschulen ist nicht neu. Seit dem vorigen Jahrhunderte schon ist er in den heute industriell am höchsten entwickelten Ländern hie und da, und zwar mit trefflichen Erfolgen, eingerichtet worden. Pestalozzi, unser Altmeister, fordert: „Es ist nothwendig, die Kinder von der Wiege auf zum ununterbrochenen Gebrauche ihrer Kräfte und Anlagen zu bilden, ihre überlegte und erfinderische Thätigkeit zu beleben und ihnen besonders eine anhaltende Ausharrung, Anstrengung und Gewandtheit in den täglichen Erfordernissen ihres Berufslebens gleichsam zur zweiten Natur zu machen." „Das Kind muß zu einer wohlthuenden Thätigkeit angeregt werden." Freilich hat Pestalozzi diese Sätze nicht selbst praktisch durchzuführen verstanden. Sein Schüler Friedrich Fröbel schuf den Kindergarten, dessen Hauptzweck es ist, schon kleinen Kindern noch ehe sie die offizielle Lernschule besuchen, durch anregende Thätigkeit Handfertigkeiten und Wissen beizubringen. Seit mehr als 20 Jahren hat der Pädagog Gelegenheit gehabt, den Werth der Arbeit als Erziehungsmittel in den Kindergärten kennen zu lernen.

Die besten Erziehungsanstalten haben den Handarbeitsunterricht schon längst in ihr Programm aufgenommen und spricht sich Superintendent und Schulrath Dr. G. Credner über diesen Unterricht, wie er an der Stoy'schen Erziehungsanstalt zu Jena ertheilt wurde, in einem Berichte vom Jahre 1869 wie folgt aus: „Diese Beschäftigung ist sozusagen ein natürliches Bedürfniß; dann ist sie ein treffliches Mittel, der Einseitigkeit unserer gegenwärtigen, nur auf Intelligenz hinarbeitenden Schulbildung vorzubeugen. Hier lernt mancher Zögling, der früher unbeholfen und täppisch war im Gebrauche seiner Hände und Finger, eine Art von Arbeit und Kunst, die Jeden fördert und Manchen ganz besonders nützlich werden kann. Hier lernt auch gar mancher Knabe, der vorher keine Ahnung von der Fertigung und Schwierigkeit technischer Arbeiten hatte, die Arbeit würdigen und Diejenigen richtig schätzen, deren Lebensaufgabe auf solche Arbeiten gestellt ist. Drittens ist sie schon Vielen ein mächtiger Impuls zu Anstrengung und Fleiß geworden, während dies der Schule im engern Sinne bisher ganz unmöglich gewesen war. Viertens wird hier der Kunstsinn und Geschmack gebildet, indem Jeder die eigenen Arbeiten mit den Arbeiten seiner Kameraden und mit dem Muster selbst vergleicht."

Eine gute Mädchenschule kann man sich heutzutage ohne Hand-arbeitsunterricht gar nicht mehr denken, „und wer vermöchte zu übersehen (sagt E. Schwab in seiner „Arbeitsschule" pag. 16), daß gerade die Anleitung zu den Handfertigkeiten eine hohe erziehende Bedeutung für die Mädchen hat, indem beispielsweise n u r durch sie die dem Weibe unerläßliche Aufmerksamkeit auf das Kleine und dem Manne oft kleinlich Erscheinende geweckt und ausgebildet wird? Die Lehrstunden in den Handarbeiten sind darum eine wahre Schule der Weiblichkeit, denn sie wecken Arbeitslust und Fleiß, sie leiten zur Geduld, Ruhe, gewissenhaften Sorgfalt, unverdrossenen Ausdauer und ungetheilten Auf-merksamkeit auch bei scheinbar Unbedeutenden an; sie gewöhnen zur Ordnung, Sparsamkeit und Nettigkeit, sie bilden den Geschmack, sie bekämpfen Sorglosigkeit und Flatterhaftigkeit, sie gestatten nicht Spielerei und Tändelei. Nicht die Hand arbeitet präzis, sondern die Seele. Eine ungeschickte Frauenhand ist auch das Zeichen eines unachtsamen Geistes. Bei gar manchem Mädchen, das in der Lernschule zurückbleibt, ist er-fahrungsmäßig die Anerziehung weiblicher Tugenden nur durch die Arbeitsschule möglich".

Eine schreiende Ungerechtigkeit ist es, daß man bis heute an den öffentlichen Knabenschulen noch nicht eingeführt hat, was die Mädchen-schule überall, was die Knaben-Privaterziehungsanstalt, was das gut eingerichtete Knaben-Korrektions- und das Knaben-Waisenhaus längst besitzt. Soll denn der Knabe der öffentlichen Schulen weniger ge-schickt werden zu allem Werke, als jene? Ist's nicht der Mann, der die Familie ernährt mit seiner Hände Werk und den Steuergulden schafft durch seinen Fleiß? Sollte man nicht meinen, wenn sonst nicht die erziehlichen Momente ausschlaggebend wären, eine einfache praktische Erwägung müsse die Einführung des Arbeitsunterrichtes in den öffentlichen Knabenschulen als obligaten Lehrgegenstand zur sofortigen Folge haben?

Doch die Noth wird dazu zwingen. Die „soziale Frage" harrt der Lösung. Kein Freizügigkeitsgesetz, kein Zunftzwang, keine Vereins-schließung, keine Geheimbündlerei ist im Stande, das Elend der Menge zu bannen; nicht der Schatzkanzler, nicht der Handelsminister, nicht Kanonen und Polizeivorschriften werden die Forderung des kleinen

Mannes befriedigen oder todtschweigen können: „Gebt uns Brot!" Die
soziale Frage kann nur durch die Volksschule gelöst werden, wie auch
der wackere Schulze-Delitzsch meint mit den Worten: „Höhere Ausbildung
und erhöhte Tüchtigkeit des Arbeiters ist der Anfang zur Lösung der
sozialen Frage." Die Hebung des Kleingewerbes bringt keine noch
so reiche Unterstützungskasse zuwege; der Hebel, der die traurigen Zu-
stände unseres Handwerks beseitigen soll, darf nicht am jetzt wirkenden
Geschlecht allein eingesetzt werden*), das mit tausend Fäden noch an
verrotteten Manieren und Methoden hängt, sondern vorwiegend am
künftigen Werkmannsgeschlechte, dem die Maschine alle rohen Arbeiten
aus den Händen nimmt und das mit dem Geiste allein formt und
schafft. Das Grab des Handwerks, wie es noch um uns klopft und
flickt, feilt und leimt, ist gegraben, — das Handwerk der Zukunft ver-
langt ganz anders vorgebildete Arbeiter, als sie die heutige Volksschule
entläßt. Die Erfindung und ausgedehnte Anwendung der Maschinen hat
das Handwerk auf eine ganz neue Basis gestellt. Schon jetzt ist es die Maschine, die uns das Brot bäckt und das Kleid webt, die uns Tunnel durch
Berge gräbt und die Riesenbäume des Urwaldes fällt, die uns mit
Windeseile über Länder und Meere führt und sorgsam unsern Acker
bestellt und aberntet. Und ist so dem Menschen die rohe mechanische
Arbeit erspart, so zwingt unser Jahrhundert den Werkmann, sich wacker
geistig zu tummeln und seine Hand geschickt zu machen zu Arbeiten,
die die Maschine nie wird vollbringen können, — er muß sein Handwerk zum Kunstgewerbe adeln. Die Landwirthschaft ist in erster Linie
auf den Segen von Oben, auf Gottes milden Sonnenschein und gnädigen
Regen angewiesen, — der Industrielle allein auf sich selbst: seine Be-
gabung, sein „Geschmack", wie man's nennt, ist heut zu Tage einzig
und allein der goldene Boden, den das Handwerk hat.

Die Gewerbeschulen, die Fachschulen aller Art, mögen ihre
Schüler in alle einschlägigen Wissenschaften einführen, sie in Beibringung

---

*) Wir sollen nicht selbst schon behaglich genießen wollen, was langsam
sich entwickeln muß oder was zäh für unsere Kinder erkämpft sein will — ein
Fehler, an dem die Sozialdemokratie krankt und zu Grunde gehen wird.

von Fertigkeiten tüchtig schulen und scharf brannehmen, damit geschickte und brave Werkmeister, weitblickende Etablissementsleiter und gesund disponirende, geschäftsverständige Unternehmer herangebildet werden, — die Volksschule hat die Aufgabe, denkende und zum raschen Erlernen eines Berufes befähigte Werkleute vorzubilden, zu erziehen.

Das k. k. Unterrichtsministerium hat durch Verordnung vom 18. Mai 1874, Z. 6549, gestattet, daß unter den nicht obligaten Lehrfächern an den Knaben-Bürgerschulen das „Modelliren“ betrieben werden dürfe. Eine so engbegrenzte Bedeutung das Wort Modelliren eigentlich hat, so läßt sich doch, wenn wir es in seinem weitesten Sinne auffassen und darunter die Umwandlung von Rohstoffen in Kunstprodukte verstehen, das, was wir Handarbeitsunterricht nennen, recht gut betreiben. Warum aber dieser Unterricht nur an den Bürgerschulen und nicht auch, wo er doch noch nothwendiger wäre, an den Volksschulen gestattet wird, ist schwer erklärlich.

Die Litteratur über den Handarbeitsunterricht ist bereits eine ansehnliche. *) Alle Pädagogen sind darüber einig, daß die Lücke zwischen den Arbeiten des Kindergartens und der Erlernung des Berufshandwerkes (und die Mehrzahl der Schüler, namentlich in Stadtschulen, werden doch Handwerker) eine bedauerliche ist und deshalb überbrückt werden muß durch den Arbeitsunterricht in der Schule, der einestheils „aus dem reichen Schatze der Kindergartenbeschäftigungen jenes herausgreift, das sich für die verschiedenen Altersstufen der Volksschüler so

---

*) Abgesehen von den Schriften über den Arbeitsunterricht für Mädchen seien erwähnt:

Georg R. v. Winiwarter „Gewerbliche Hantirung in der Jugend zu erlernen“. Wien 1861.

Karl Friedrich (Prof. Biedermann) „Erziehung zur Arbeit“.

Erasmus Schwab, Dr. „Die Arbeitsschule als organischer Bestandtheil der Volksschule“. Wien und Olmütz 1873.

Fr. Seidel und Fr. Schmidt „Die Arbeitsschule“. Weimar.

Al. Fellner. „Die Formenarbeiten“.

B. v. Marenholtz-Bülow. „Die Arbeit und die neue Erziehung“.

Außer diesen noch: Michelsen, Aug. Köhler, Dr. C. V. Stoy, Dr. G. Credner, Ernst Barth, Deinhardt u. Gläsel, L. Hertlein, Blasche, Hermann Wagner u. A.

verwerthen läßt, daß die bisherigen Unterrichtsdiszciplinen nicht nur nicht Schaden leiden, sondern wesentlich gefördert werden" *), andern= theils sich bemüht, „daß der künftige Handwerker wird ein geschultes Auge, eine sichere Hand, Anstelligkeit, Erfindungsgabe und Geschick zum Kampf mit der bereits überall bestehenden Concurrenz mitbringen und die Empfänglichkeit für jede Art technischen Fortschrittes". **) Aber auch „der künftige Landmann, für den rationellen Landbau durch mannigfaltige bleibende Anregungen im vorhinein angelegt, wird durch die Arbeitsschule in wirthschaftlicher Beziehung ungemein gewinnen, da er lernen wird, selbst zugreifen, kleine Schäden in Haus und Hof gut machen und sich dadurch vor großen Auslagen, aber auch vor Ge= wöhnung an Nachlässigkeit und Unordnung bewahren". ***)

Um kurz zu wiederholen: die Arbeitsschule soll nicht eine Art niederer Gewerbeschulen, nicht eine Spielschule, nicht eine außerordent= liche Lehranstalt für Knaben sein, sondern wir erachten sie als eines der wichtigsten Mittel zur Erziehung des Knaben, zu einem Mittel, das es uns ermöglicht, auch aus einem intellektuel wenig Begabten ein brauchbares Mitglied der menschlichen Gesellschaft zu machen, das dem Lernschnellen Gelegenheit gibt, seine Kräfte allseitig zur Ausbildung zu bringen, Allen aber die Nothwendigkeit pünktlichster Pflichterfüllung begreiflich zu machen.

Indem wir, wie schon früher erwähnt, in vorliegenden Blättern den Arbeitsunterricht für Mädchen nicht weiter berühren und uns eine eingehende Besprechung desselben für später vorbehalten, wenden wir uns nun zur Zusammenstellung alles dessen, was bis jetzt als Concretes für die Knabenarbeitsschule vorgeschlagen worden ist. Es sind dies haupt= sächlich folgende Arbeiten: Stäbchenlegen, Flechten, Falten, Ausschneiden, Pappen, Laubsägearbeiten, Holzschnitzereien und endlich Modelliren in Thon, Wachs u. s. w.

---

*) Fellner I. S. 8.
**) Schwab am angegebenen Orte. S. 40.
***) Schwab am angegebenen Orte. S. 41.

Nach den von uns selbst gemachten Erfahrungen können wir die Vertheilung der Arbeiten auf die einzelnen Schuljahre in nachstehender Weise empfehlen:

1. Schuljahr: Stäbchenlegen, Ausstechen.

2. Schuljahr: Flechten, Falten, Verschnüren.

3. Schuljahr: Verschränken, Erbsenarbeiten, Draht- und Stroharbeiten.

4. Schuljahr: Ausschneiden, Ausnähen.

5. Schuljahr: Pappen.

6. Schuljahr: Arbeiten in unburchbrochenen Brettchen, Blechtafeln, Glas u. s. w.

7. Schuljahr: Laubsägearbeiten, Drechseln, Holzschnitzen.

8. Schuljahr: Modelliren in Thon, Wachs und Gyps.

Wir verlegen in ein Schuljahr mehrfache Arbeiten, um den Vorgeschritteneren Gelegenheit zu geben, sich in neuartiger, wenn auch verwandter Thätigkeit zu üben und sie also zu erhöhter Leistung, die Zurückgebliebenen aber zu steigendem Eifer anzuspornen.

Erstes Schuljahr.

Stäbchenlegen. *)

Das Stäbchenlegen ist eines der einfachsten und edelsten Bildungsmittel für die Kleinen. Da es mit dem Zeichnen Hand in Hand geht, ganz wie dieses auf stigmographischer Unterlage darstellt, so ist es klar, daß es dieses selbst bedeutend förbert; ja eins ergänzt das andere — das Stäbchenlegen verhält sich ungefähr zum Zeichnen der

---

*) 1. „Die Formenarbeiten" v. Al. Fellner. 1. Heft. Wien, Pichler's Witwe & Sohn. 1874.

2. „Das Stäbchenlegen" v. H. Deinhardt und Chr. Gläsel. Wien, Gerold. 1866.

Unterstufe wie die Praxis zur Theorie. Den Werth graphischer Darstellung durch Kinder hat Niemand einfacher und besser ausgesprochen als Amos Comenius (1592): „Man soll den Kindern zulassen, die Gemälde mit der Hand nachzumalen, so sie Lust dazu haben. Ja, so sie keine haben, muß man ihnen Lust dazu machen. Erstlich darum, damit sie sich gewöhnen, einem Dinge recht nachzusinnen und darauf scharfe Achtung zu geben; sodann um das Maß der Dinge anzumerken in Gegeneinanderhaltung und Vergleichung derselben; endlich um die Hände geübt und fertig zu machen, welches zu vielen Dingen gut ist.“ — Das Stäbchenlegen vermittelt noch anschaulicher als das Zeichnen das Erkennen der einfachsten geometrischen Formen. Durch vielmaliges und mannigfaltiges Darstellen werden dem Kinde die Begriffe Quadrat, Dreieck, Winkel, Senkrecht, Wagrecht u. s. w. gar bald klar und geläufig. Wie sehr ferner das Stäbchenlegen das Rechnen zu fördern im Stande ist, wird jeder Elementarlehrer wissen und würdigen, der ja nie oft genug zur sichtbaren Darstellung des Zahlbegriffes greifen kann. Indem endlich die mannigfaltigsten Lebens- und Zierformen in Stäbchen gelegt werden können, wird sowohl das Schönheitsgefühl als auch die Phantasie des Kindes mächtig angeregt.

Ausstechen. *)

Das Ausstechen ist das Vervielfältigende in der Kunstdreiheit Stäbchenlegen-Zeichnen-Ausstechen. Was unser Arbeitsschüler mit den Stäbchen plastisch, mit dem Griffel graphisch dargestellt, vermehrt er nun mit Hülfe der in den Halter geschraubten Nadel ins Unendliche auf untergelegtes unlinirtes Papier. Das Ausstechen ist die

---

3. „Arbeitsschule“ v. Fr. Seidel und Fr. Schmidt. IV. Theil. Weimar, Böhlau. 1872.

4. „Beschäftigungsmittel für Kinder“ Nr. 2. Luise Hertlein. Wien, Lechner. 1859.

*) 1. „Arbeitsschule“ von Fr. Seidel und Fr. Schmidt. IV. Theil. Weimar 1866.

2. „Das Ausstechen“ v. L. Hertlein. Nr. 3. Wien 1859.

Druckerkunst des Kindes, ist eine Beschäftigung, die sein Hand=
gelenk stärkt, seinen Blick schärft und ihn zur Genauigkeit (Pünktlich=
keit) und Reinlichkeit zwingt. Stehen die gestochenen Zeichnungen
sauber auf dem reinen Grunde, so kann dem Schüler erlaubt werden,
die Figuren auch koloriren zu dürfen. Die fertigen Darstellungen
werden in einer besonderen Mappe geordnet bis zum Schlusse des
Schuljahres in der Schule aufbewahrt.

Zweites Schuljahr.

Flechten. *)

Manche Pädagogen wollen die Flechtarbeiten ausschließlich der
Mädchenschule zuweisen; wir schließen uns jedoch der Ansicht derer
an, welche die Handarbeiten auf der Elementarstufe (und zu dieser gehört
ja die zweite Schulklasse ohne Zweifel) nicht schon nach den Geschlechtern
verschieden theilen. Wenn auch die Flechtarbeiten dem Mädchen un=
mittelbareren Nutzen schaffen, indem sie ihm als Vorlagen oder Muster
zu Filetstrickereien, Häkeln, Sticken und Wäschemärken dienen können,
so hat doch auch diese Beschäftigung für den Knaben (insbesondere
für den künftigen Weber, Korb=, Stroh= und Drahtflechter, den Fili=
granarbeiter ꝛc.) immensen Werth, weil sie, wie keine andere, die
Handgeschicklichkeit, sowie Formen= und Farbensinn zugleich bildet und
fördert. Es sind die Gesetze des Flechtens dieselben, wie beispielsweise
die der Weberei: das Flechtblatt ist die Kette (der Aufzug), der
Flechtstreifen der Schuß (Einschlag). Außer der Flechtnadel (dem
Schützen oder Schiffchen des Webers vergleichbar) treten noch Lineal,
Scheere und Messer als Hülfsinstrumente auf, da wir es als vortheil=
haft erachten, dem Schüler das Material (hier Papier) selbst zubereiten

---

(hier flechtgerecht machen) zu laſſen. Da der kleine Arbeiter ſchon auf der erſten Stufe mit Farbe und Pinſel umzugehen verſtanden, wird ihm das Färben oder Anſtreichen des Papiers, ſowie auch ſpäter das Verkleben der Flechtſtreifenenden geringe Mühe machen, ja er wird ſich, die harmoniſche Färbung des Geflechts erſtrebend, be= mühen, die Farben recht gleichmäßig auf das Papier überzutragen — eine Uebung, die nicht nur ſeine Sauberkeit und Reinlichkeit weiter fördert, ſondern ihn auch für ſpätere Arbeiten, bei denen das Kolo= riren mehr Nebenſache, tüchtig vorbildet. Es erfordert das Flechten überhaupt eine größere Ausdauer und Aufmerkſamkeit, als die früheren Beſchäftigungen, arbeitet der geometriſchen Formenlehre noch tüchtiger vor, unterſtützt den Rechnenunterricht durch Schaffen mannigfaltiger und komplizirter Zahlenbilder in verwendbarſter Weiſe und — was uns die Hauptſache dünkt — führt das Kind ſchon frühzeitig zu eigenem geiſtigem Kombiniren, zum Erfinden.

Die fertigen Geflechte werden gleichfalls aufbewahrt, am beſten in ein Heft aufgeklebt.

Falten. *)

In den bisherigen Arbeiten iſt die Lehre von der Linie und ihrer Gliederung praktiſch durchgenommen worden, — das Falten iſt die Gliederung der Fläche. Es unterſtützt den Zeichnenunterricht direkt und arbeitet dem Unterrichte in der geometriſchen Formenlehre fernerhin vor, indem die Begriffe Punkt, Linie, Fläche und Winkel unmittelbar gewonnen werden und alle Arten Drei= und Vierecke, ſowie das Fünf=, Sechs= und Achteck zu mannigfaltiger Darſtellung gelangen. Der Sinn für Symmetrie wird kaum durch eine andere Arbeit ſo ſehr gefördert, als durch das Falten, und hat die kindliche Phantaſie durch Zuſammenſtellungen der erlernten Schönheitsformen zu Gruppen ein unbegrenztes Feld.

---

*) „Die Formenarbeiten" v. Al. Fellner. 3. Heft. Wien 1875.

Schnüren. *)

Wir wissen wohl, daß man sowohl mit Flechten, als auch mit Falten allein Kinder dieser Stufe recht gut ein ganzes Jahr lang beschäftigen kann; aber wir wollen ja hauptsächlich nur Anregungen geben und dem Kinde Gelegenheit bieten, sich in möglichst vielerlei Thätigkeiten zu versuchen. Wenn sich der Lehrer mit dem Flechten auf etwa ein halbes Jahr, mit dem Falten auf ⅓ Jahr beschränkt, indem er aus der unendlichen Fülle des Materials für die Arbeiten in der Schule selbst nur das Instruktivste auswählt und anderes dem Hausfleiße überläßt, kann den Schülern dieser Stufe noch das Könnenswertheste des Verschnürens beigebracht werden. Wie beim Flechten durch das Farbenbild, beim Falten durch die Bruchlinien, erhält man durch das Verschnüren des Papierstreifens selbst die mannigfaltigsten geometrischen Figuren, sowie die lieblichsten Zierformen, die, da sie wie die früher gewonnenen, vom Kinde in einer „Formensammlung“ aufbewahrt werden, dem Schüler (auch dem späteren Musterzeichner, Architekten, Dekorateur, Anstreicher ꝛc.) von bleibendem Werthe sind. Des Kindes Hand und guter Geschmack wird durch das Verschnüren gleichmäßig weiter geübt; es muß sich aber auch, da seine Wirksamkeit nicht mehr an eine engbegrenzte oder genau bestimmte Fläche (Flechtblatt, Faltblatt) gebunden, sondern eine mehr freiere ist, an eine größere Sorgfalt und Gewissenhaftigkeit gewöhnen.

Drittes Schuljahr.
Verschränken. **)

Das Verschränken ist, wenn man so sagen will, eine Verbindung des Stäbchenlegens mit dem Flechten, zugleich aber auch eine treffliche Vorübung für die sogenannten Erbsenarbeiten. Alle früheren

---

*) „Die Formenarbeiten“ v. Al. Fellner. IV. Heft. Wien 1875.
„Arbeitsschule“ v. Seidel u. Schmidt. XIII. Theil. Weimar 1872.
**) „Arbeitsschule“ v. Seidel u. Schmidt. IX. Theil. Weimar 1866.

Darstellungen waren an die Fläche gebunden und sie mußten, sollten sie fixirt bleiben, aufgeklebt werden; durch das Verschränken aber bekommt das Kind etwas Ganzes, Festes in die Hand, das es überall aufstellen, mit dem es bauen und schaffen kann nach Herzenslust — das Körperliche. „Zwar gehört dabei", sagen Seidel und Schmidt, „etwas mehr Kraft dazu, auch mehr Umsicht und Geschicklichkeit, als es bei den meisten anderen Beschäftigungen der Fall ist und gar oft wird durch ein nur geringes Versehen die Idee und das ganze Vorhaben des Kindes zu Nichte gemacht, aber Schwierigkeiten reizen nur desto mehr, wenn sie sonst den Fähigkeiten der Kinder angemessen sind, und mit Ausdauer geht es bald an neue Versuche, die alsdann besser gelingen und die Arbeit endlich mit dem Erfolge krönen."

Den Schwerpunkt legt der Handarbeitsunterricht des dritten Schuljahres in die

Erbsenarbeiten. *)

Sie sind ebensowenig, wie alle früheren Beschäftigungsmittel, eine Erfindung der Realpädagogik, sondern waren im Volke schon längst bekannt und Fr. Fröbel's Verdienst ist es, ihren hohen Werth erkannt und sie in den unmittelbaren Dienst der Kindererziehung gestellt zu haben. Die Schwierigkeit und damit zugleich der Fortschritt dieser Arbeiten nach früheren besteht darin, daß ausschließlich Körperformen als solche zur Darstellung gelangen. Die geometrischen Begriffe erweitern und vertiefen sich: die Linie wird zur Kante, der Winkel zur Ecke, das Quadrat zum Würfel, das Dreieck zum Tetraeder. Der Tisch, der Wagen, das Haus, die Brücke — kurz alle Lebensformen, die früher nur auf der Fläche dargestellt wurden, werden hier als haltbare, transportable Körper gebaut, welche der „Formensammlung" eingereiht werden, die sich allmälig zu einem kleinen Gewerbemuseum erweitert, in welchem die Erbsenarbeiten nicht den bescheidensten Platz einnehmen. Erbsenarbeiten sind Modelle in einfachster Form. Hat der

---

*) „Arbeitsschule" v. Seidel u. Schmidt. VI. Theil. Weimar 1872.
„Die Erbsenarbeiten" v. Deinhardt u. Gläsel. Wien 1866.

Schüler das Technische dieser Arbeiten (in die in Wasser gequellte.
Erbsen werden die zugespitzten Holzstäbchen eingestochen) ordentlic
weg, hat er die wenigen vorgeschriebenen Formen nach Zeichnunge:
korrekt ausgeführt, dann wird ihm erlaubt, Nachbildungen nach de
Natur und endlich Phantasiearbeiten zu entwerfen.

Draht= und Strohflechten.

Die Drahtarbeiten entwickeln sich aus den Erbsenarbeiten un=
mittelbar; denn man wird sich bei größeren und zusammengesetzteren
Gegenständen gar bald nach einem haltbareren Materiale umsehen, als
die Holzstäbchen sind. Der Draht eignet sich trefflich dazu; er wirb
gehämmert, damit er federt, und mit der Zange in geeignete Stücke
zerlegt. Das Verschnüren kann, in Draht ausgeführt, bis zur Kunst
gesteigert werden. Viele Drahtarbeiten, wie geometrische Körper, werden
in der Zeichnenstunde als Vorlagen verwendet, andere, wie Körbchen,
Tellerchen u. s. w. in der Hauswirthschaft sogleich in Gebrauch
genommen. Sollten die Ausgaben für Draht manchen Kindern zu
hoch sein, so läßt man diese Stroh flechten und halte darauf, daß sie
nur unmittelbar Verwendbares erzeugen. Es sei zugleich angedeutet,
daß der Lehrer, namentlich der auf dem Lande, durch Einführung
verschiedenartiger Handindustrien ein Schöpfer der Wohlhabenheit seines
Bezirkes werden kann.

Viertes Schuljahr.

Ausschneiden. *)

Das Ausschneiden ist ein „Zeichnen mit der Scheere“. Auf der
Unterstufe gewinnt man die Schönheitsformen durch mehrfach (8=, 6=,
2fach) zusammengefaltetes nach einer oder nach mehreren bestimmten
Richtungen zerschnittenes Papier, dessen einzelne Theile sodann zu

—————

*) „Arbeitsschule“ v. Seidel und Schmidt. X. Theil. Weimar 1874.

symmetrischen Figuren zusammengestellt und in das Heft „Formen=
sammlung“ aufgeklebt werden. Uebrigens können diese (auf analytisch=
synthetischem Wege gewonnenen) Zierformen sogleich auch als Deko=
rationen von Untersetzern, Bucheinbänden, Lampenschirmen u. s. w.
verwendet werden.

Selbstverständlich gehört die Herstellung von Chablonen gleichfalls
hierher. Der Knabe schneidet Buchstaben=, Ziffern= und Zierformen,
die er durch Ueberpinseln der Chablone in mannigfaltigster Weise zu=
sammenstellen und vervielfältigen kann. Die Zierformen insbesondere
werden ihm dann später bei den Laubsägearbeiten von dem erheblichsten
Nutzen sein.

Die Oberstufe schafft Lebensformen. Die Lichtbilder wird der
Knabe gern zum Schmucke der Fenster seines Gewerbemuseums ver=
wenden, die Menschen=, Thier= und Pflanzengestalten geben prächtige
Schattenbilder oder können kolorirt als Theaterfiguren dienen. Mit
Silhouetten von Onkel und Tante, von Geschwistern und Kameraden
kann man ein anmuthiges Album herstellen; Spitz und Miez dürfen
darin auch nicht fehlen. — Zur Reduktion der in den Vorlagen
verschieden großer Bilder auf ein bestimmtes Gleichmaß bedient man
sich des Pantographen oder Storchschnabels, der von den Schülern des
sechsten Jahrganges in genügender Anzahl hergestellt wird. Diese
Silhouetten sind uns von ganz besonderem Werthe, denn das Verständ=
niß der Pflanzen=, Thier= und Menschengestalten wird auf dieser Lehr=
stufe wohl durch kein anderes Mittel mehr gefördert, als indem die
Schüler genöthigt werden, dieselben in einer ihnen bequemen Weise
nachzubilden. — Was aber durch alles dies gewonnen wird, ist die
Sicherheit des Auges, die Schärfe des Blickes und die Verläßlichkeit
der Hand, welche die Erkenntniß sofort in That umsetzt.

Gerade vom vierten Schuljahre an hat der Lehrer mit dem
Buben seine liebe Noth, die Flegeldämmerung tritt ein; da heißt es:
sanft zurückhalten, dämpfen, mäßigen, beschwichtigen, damit der kleine
Kessel, der voll Saft und Kraft strotzt, nicht überschäume. Es gibt
kein trefflicheres Bändigungsmittel als die Arbeit, die Spiel und

Studium zugleich ist, die, gut gewählt, den wildesten Burschen lammfromm macht.

Ausnähen. *)

Die Nähkunst erfreut sich sogar von Seiten der Knaben ganz besonderer Freundlichkeit — das Märchen verkündet kühner Schneider Thaten, die Geschichte des trefflichen Derfflinger's Ruhm; der Kinder Liebling Robinson flickte sich selbst sein Wamms. Der Umgang mit der Nadel ist auch dem Knaben von unmittelbarem Nutzen, da er sich, ohne fremde Hülfe erbitten oder abwarten zu müssen, einen lockergewordenen Knopf selbst befestigen, eine aufgetrennte Naht selbst zuzuziehen im Stande ist — das kann nur sein Selbstvertrauen steigern, seine Selbstzuversicht erhöhen.

Es ist schon angedeutet, daß wir in der Knabenschule nur das Ausnähen vorgezeichneter oder vom Schüler selbst vorgestochener Muster (geometrische Zier= und Lebensformen) üben. Da vorwiegend auf starkem weißem Papiere mit bunten (Woll= oder Seiden=) Fäden genäht wird, so ist damit dem guten Geschmacke ein weites Feld eröffnet. Die fertigen, selbstverständlich sauber ausgeführten Bilder werden der Formensammlung einverleibt und können auch als Verzierungen von Nadel= und Notizbüchern, Brieftaschen, Zigarrenbehältern, Wandkörbchen, Uhrenhalter, als Lesezeichen, Lampenteller u. s. w. anderweitig verwendet werden und so dauernden Werth erhalten, zumal wenn die Näharbeiten statt auf Papier auf Leder ausgeführt wurden.

Fünftes Schuljahr.

Pappen. **)

Auf das Pappen verwenden wir ein volles Schuljahr; mit dieser Thätigkeit schließt an fünfklassigen Schulen der Arbeitsunterricht ab.

---

*) „Arbeitsschule" v. Seidel u. Schmidt. XI. u. XII. Theil. Weimar 1868.
**) „Arbeitsschule" v. Seidel und Schmidt. III. Theil. Weimar 1866.

An Werkzeugen sind erforderlich ein guter Zirkel, ein Schnitzer, eine Scheere, ein metallenes Winkellineal, ein Beschneidbrettchen von Ahorn= oder Lindenholz, ein Falzbein und ein Pinsel, an Material Gummi arabi= cum (Stärkekleister oder Leim) und eine nicht zu starke Pappe, am besten solche von weißer Farbe, die dann bemalt oder ausgenäht oder durch Aus= schneiden oder Ausstichfiguren verziert werden kann. Zuerst werden Kästen und Schachteln in verschiedener Form und Größe gearbeitet. Solcher Sachen bedarf ein Bub zu gar Mancherlei: für Mineralien, Conchylien, Insekten. Mehrere Mappen braucht er zu seiner Pflanzensammlung, andere zu Briefmarken, Baumblättern und Vogelfedern. Das Mappiren kommt ihm beim Ausbessern defekter Buchdeckel, das früher erlernte Nähen beim Repariren der losegewordenen Buchheftung zu Statten. Die geometrischen Grundformen, die Krystallgestalten der Mineralien wird er nun mit leichter Mühe, aber mit Sorgfalt und Geschmack herstellen. Hausgeräthe aller Art, Modelle von Handwerksgegenständen bildet er in Pappe nach. Endlich wird er sich auch an Darstellung größerer Objekte wagen: die Marktbude, die Hütte, den Stall, die Scheuer, das Wohnhaus, ja ganze Gehöfte, ein ganzes Dorf sammt seinen Wegen, Gärten und Baumgruppen.

Die „Modellir=Bilderbögen" bieten dem Knaben eine unerschöpf= bare Quelle neuer Ideen, neuer Anregungen. Wir lassen diese Bilder= bogen nicht zerschneiden und zusammenkleben, sondern geben sie unseren Schülern als Muster, die sie abzeichnen und bald in gleichem, bald in verändertem Maßstabe ausführen. Das Koloriren überlassen wir ihrem Willen. Gegen Schluß des Jahres arbeitet der Schüler ganz nach eigenen Entwürfen.

Sechstes und siebentes Schuljahr.

Holzarbeiten.

Wir verwenden auf die Holzarbeiten zwei Jahre, und zwar lassen wir im sechsten Schuljahre Binder= und Tischlerarbeiten aus un= durchbrochenen Holztafeln mit natürlicher Außenfläche herstellen, im siebenten Schuljahre aber Laubsägearbeiten und feinere Holzschnitzereien ausführen und üben den Schüler im Anstreichen und Poliren der gefertigten Gegenstände. An Werkzeugen sind Fuchsschwanz-, Loch- und Laubsägen, einige Raspeln und Schnitzmesser erforderlich, und eignet sich als Material Birken-, Eichen- und Ahornholz, auch Kirsch- und Birnbaum, letztere Gattung namentlich zur Holzschnitzerei. Von einzelnen Arbeiten seien erwähnt: Kufen, Bütten, Fäßchen, sodann Tische, Stühle, Schränke, sämmtlich als Spielwaaren für jüngere Geschwister, als Ausstattung von Puppenstuben oder als weitere Bereicherung der Formensammlung. Ferner: Nachbildung von Krystallformen, Modelle für Obstveredlung (Anschäften, Sattelschäften, Pfropfen, Okuliren, Ablaktiren), Nistkästchen für Höhlenbrüter (Meisen, Staare), Modelle für Taubenschläge, Hühnersteigen, Pferde-, Rinder-, Schaf-, Schweine- und Kaninchenställe, Bienenstöcke (nach Dzierzon) und Bienenhaus, Garten- und Ackerbaugeräthe, physikalische Instrumente und Maschinentheile, Schiffs- und Mühlenmodelle u. s. w. Ist eine Hobelbank und eine Drehbank zur Stelle, so lassen sich alle diese Sachen viel schneller und solider herstellen. Gar mancherlei Anschauungsmittel, welche die Lernschule braucht, können durch den Arbeitsschüler brauchbar und, was wohl auch nicht zu übersehen ist, billig hergestellt werden. Die Auslagen, die eine Schulgemeinde auf Einrichtung einer Schulwerkstätte verwendet, tragen unmitttelbare Zinsen durch Ersparungen an anderer Stelle.

Laubsägearbeiten und Schnitzereien gehören in das Gebiet des Kunsthandwerkes; dasselbe in seinen Elementen schon in der Volksschule zu pflegen, halten wir aus Gründen für geboten, die wir oben im theoretischen Theile unserer Arbeit näher dargelegt haben. Es sind Anregungen, Samenkörner, gesäet in den Sinn des Schülers, die erst später, in der künftigen sozialen Stellung des Arbeiters ihre Früchte tragen.

An Vorlagen zu Laubsägearbeiten und Schnitzereien ist kein Mangel. *) Auf Eins noch wollen wir den Arbeitslehrer aufmerksam

---

*) Wir verweisen hier auf die treffliche Zeitschrift „Der Dilettant". Verlag von Mey und Widmayer in München, sowie auf die Laubsägevorlagen von B. Donsdorf in Frankfurt a. M.

gemacht haben: kein Schüler darf eine neue Arbeit beginnen, ehe nicht die alte vollkommen fertig, also rücksichtlich der Laubsägearbeiten gut geleimt und polirt oder angestrichen, sowie mit allen Nebentheilen, die oft von Metall sind, versehen waren. Wir wissen aus eigener Erfahrung, wie gern der Laubsägearbeiter durch das Einförmige der manuellen Leistung leicht erschlafft, geneigt ist, liederlich zu arbeiten, um baldigst etwas Anderes machen zu können. Hier heißt es, den Schüler zum Ausharren, zur Ausdauer, zur Beständigkeit zu nöthigen und ihm alles Flatterhafte, Flüchtige, Leichtfertige und Schleuderhafte gründlich abzugewöhnen.

Blech- und Glasarbeiten.

Das Metall ist schwieriger zu bearbeiten, als andere Stoffe. Der Arbeitsschüler kommt jedoch in die Lage, Holztheile mit Metall fest oder beweglich verbinden zu müssen; einige Kenntniß und Fertigkeit in Metallarbeiten ist ihm nöthig. Wir wählen einige Blecharbeiten, wie sie der Spängler oder Klempner herstellt: einige Töpfchen, Pfannen, Kännchen, eine Laterne u. s. w. Das Zuschneiden der Formen macht dem Schüler keine Schwierigkeit; aber das Vernieten und mehr noch das Verlöthen erfordert Vorsicht, will mit Ernst und Fleiß betrieben sein und muß tüchtig geübt werden, soll das fertige Ding auch brauchbar sein.

Da der Schüler mit dem Feuer umgehen lernt, wird es unschwer sein, ihm zugleich einige Fertigkeit in Glasarbeiten beizubringen, zumal wenn ein Gebläsetisch sich in der Werkstätte befindet.

Achtes Schuljahr.

Modelliren. *)

Das Modelliren wird zwar in seinen einfachsten Elementen schon im Kindergarten geübt; aber wir verweisen diese Beschäftigung

---

*) „Arbeitsschule" v. Seidel und Schmidt. VIII. Theil. Weimar 1872.

in das letzte Schuljahr, da einmal erst nun der Schüler genügende Handfertigkeit und außer einem gepflegten Sinn für Reinlichkeit auch einen hinreichend geschulten Blick hat, um aus dem plastischen Thonteige Formen zu schaffen, die mehr als bloße Spielerei sein sollen, dann aber auch, um ihn mit einer Hantirung bekannt zu machen, die man die Hochschule des Tastsinnes nennen kann. Der künftige Töpfer, Porzellanarbeiter, Schwarz-, Weiß- und Zuckerbäcker, der Glaswaaren-Erzeuger, der Formgießer, der Steinmetz und vor Allem der Bildhauer finden in diesem Unterrichte ihre ersten Anregungen. Das Modelliren wird in Thon, Wachs, Gyps und Alabaster geübt. Zur Darstellung gelangen außer den Krystallformen die mannigfachsten Zierformen, insbesondere Ornamente und Lebensformen, Früchte, Industriegegenstände aller Art, Waffen, Gefäße und Nachbildungen des thierischen und menschlichen Körpers. Wachs eignet sich besonders zur Herstellung künstlicher Blumen u. s. w.

Bis zum Schlusse des achten Schuljahres muß sich der Knabe entschieden haben, welchem Berufe er sich fernerhin und für sein ganzes Leben widmen will; er wird bis dahin aber auch bewiesen haben, für welche Art von Arbeitsleistungen er am meisten beanlagt war, und in welchen er sich hervorgethan und somit tritt noch ein besonderer Werth des Arbeitsunterrichtes klar vor Augen, nämlich der, daß er den Eltern und Vormündern ein sicherer Wegweiser für die weitere berufsmäßige Ausbildung des jungen Menschen ist. Andererseits halten wir es für gut, nochmals zu betonen, daß auch dem Knaben, der einst nicht ein Handwerk erlernen soll, technische Fertigkeit und Kenntniß von Werth sein und er sie später in anderen Lebensstellungen mit Vortheil anzuwenden verstehen wird; und wenn es auch nur sei, daß er als Mann, als Familienvater, in seinen Mußestunden zurückgreift zu diesen liebgewordenen Beschäftigungen und er so seine freie Zeit in edler Weise ausfüllt, so kann sich die Schule, die ihn so erzog, auch zu diesem nur scheinbar geringen Erfolge gratuliren.

*   *   *

„Die Kinder der heutigen Schule sind überbürdet; sie haben keine Jugend mehr", diese Anschuldigung wird so oft erhoben, und zwar aus Einzelveranlassungen gern zu einer generellen Klage aufgebauscht, aber wir müssen bedauernd gestehen, daß sie nicht ganz grundlos ist. Die gesetzlichen Vorschriften müssen uns heilig sein; halten wir uns aber stetig vor Augen, beim Unterrichten sowohl, wie namentlich bei Vertheilung häuslicher Arbeiten, daß wir eben nur Kinder vor uns haben, halb- und viertelsentwickelte Menschen, die der Luft und des Lichtes, der Bewegung und regelmäßigen Ernährung bedürftiger sind als wir Alten, so werden wir uns keine Vorwürfe machen dürfen, des Kindes körperliches Wohl geschädigt und seine Jugend untergraben zu haben. Was eben der heutigen Schule bei all' ihrem idealen Fluge noch fehlt, ist ein Quentlein Realpädagogik. Schreiben wir diese unserem Programme zu, schaffen wir Kindergarten (Schulgarten), Lern-, Turn-, Arbeits- und Fortbildungsschule zu einem einheitlichen Ganzen, der Volksschule, so wird diese Stätte der Erziehung zu einer solchen werden, wo die jungen Menschen allseitig, also harmonisch ausgebildet werden, wo sie erstarken an Körper, Geist und Charakter, wo ein Volk heranwächst frisch, frei, fromm! Das walte Gott!

Druck von Wilhelm Köhler, Wien, Margarethenplatz 2